本物の「大人」になるヒント

曽野綾子

PHP文庫

○本表紙図柄＝ロゼッタ・ストーン（大英博物館蔵）
○本表紙デザイン＋紋章＝上田晃郷

本物の「大人」になるヒント　目次

Ⅰ 人間関係の基本

Ⅱ 他者と自分

Ⅲ 魂の自由

Ⅳ 精神の鍛え方

V 仕事に対する考え方

Ⅵ 選択と責任

本物の「大人」になるヒント……I

人間関係の基本

1 人間というものは複雑で一筋縄ではいかない

凡そ、私たちの悩みの大半が人と人との間のうまくいかない関係にあるのも、それほどに人間というものは複雑で一筋縄ではいかないものだからなのである。一口に言ってしまえば、人間関係のむずかしさは、どのような知恵も、どのような教育でも、解決できるものではない。これだけははっきりしている。身の上相談では、こうすればうまくいく、というような答えをするが、それが解決の手がかりになることは皆無ではないにしてもごく少ない。人間関係の基本は永遠の失敗ということに決まっている。

しかしそれだけにごく稀にうまくいった時の嬉しさは貴重だし、うまくいかなくて当然の苦しみが、私たちの心を柔らかなものにする。

2　人間は人間に感動する

たとえそれが憎悪であっても、人間は人間に感動する。ヒマラヤの絶壁、深い青い湖、花、凄絶（せいぜつ）な動物の闘争などを見て心を動かされるのは、その中に、人間の心理の投影があるからである。ヒマラヤの絶壁は、それそのものとしては、何ら驚くに当たらない。そこに《清純なもの》《死の恐怖》《神々の統（す）べる世界》《詩》などを感じるのは、やはり人間の感情の投影なのである。

私たちの一生は、ひとと共に始まる。子のない人間はいくらでもいるが、どこかに親のない人間はいない。狼（おおかみ）少年のような特殊な例は別として、人間とふれ合わずに大きくなる人間はいない。私たちは、無限に、人間によって救われ、人間によって育てられ、人間を傷つけて生きている。

3 世界とは人間のことである

私たちが苦しむのは、何の理由だろう。もしも、私が、生まれた時以来、ずっと森の中で一人で生きてきたのなら、私は恐らく、裏切りや、憎しみという言葉を知らずに済んだであろう。その代わり、愛や、慕わしさ、という表現も知らなかったろう。飢え、寒さ、疲労、眠さ、恐怖など、動物と同じ程度の感情は分け持てても、人間しか持ち得ない情緒とは、無縁で暮らさねばならなかったと思う。

世界とは、まさに人間のことなのである。原爆で人間が死に絶えた地上には、地表はあるが世界はない。そういう光景を「死の世界」などと言うが、そこには本当は死さえないのである。死とは動物の中で自己と他者の区別がつき、時間の経過を記憶できる人間だけが認識する変化である。

4　友達でさえ、自分とは全く違う個性の人である

人とつき合うことについて、私もまた、若い時には大きな幻想を持っていた。それは、趣味から物の考え方まで、何もかも同じになれる友達というものがいる、と信じていたことである。

私は今、常識的な意味では、心からつき合える人、実に気の合う友達を持っている。しかし、それは決して、相手が私と全く同じ人生観を持っている、ということでもなく、趣味が完全に一致しているということでもない。むしろ友人となり、適切な人間関係を持ち得るということは、いかに親しい友人であっても、生来、全く違う個性のもとに生まれついているということに自覚を持ち、その違いを許容し得る、というところから始まるのである。

5　他人に理解されないことに馴れる

私は時々、不思議に思うのだが、世の中には、いい年をして（いい年というのは、いくつぐらいだと聞かれたら、私は一応、十五歳くらい、と答えようかと考えている）まだ、他人が自分を正しく理解してくれない、と言って嘆いている人がいるのである。

或る人間が、他人を心の底まで正しく読みとれるなどということは、普通に考えてもあり得ないことなのに、それが、十五にもなっても、まだわからないのである。

他人が自分を理解しないことには、まず、馴れることだと私は考えている。それは悲しいことだが致し方ない。それでは自分が保たない、と思う人は、さまざまなテクニックを用いて、自分を慰めるべきであろう。

自分は、他人に簡単にわかられてしまうほど単純な人間ではない、と考えるのも一つの手である。これは一面本当で一面嘘である。大ていの人間は確かにかなり複雑だが、それは、他人にわからないのと同じように、自分にも意識されないのである。

6 人間関係は誤解の上に安定する

人間関係は、理解よりも、むしろ誤解の上に安定する。私は今までに、或る人について、何もよく知らない他人が「あの方は、ひどい人だそうですね」と言っているのによく出あうことがあった。安定する感情、というのは、《どちらかにかたづける》ことなのだ。

あの人は悪い人だ、あの女は感情的だ、あの男はけちだ、あいつは頭がいい、というふうに定形を作ることである。

悪人だけど心優しいところもあるとか、感情的で冷静だとか、けちだけど金の使い方は知っているとか、頭はいいけど賢くないという表現は、あまり喜ばれない。しかし通常、人間の絶対多数は、そのように屈折した複合形を持っているはずである。

自分にもわかりにくい自分の本当の姿を、どうして他人がわかることができよう。

7 家族、縁者がしたことに責任を持つには限度がある

人間関係の根本に、親子、兄弟、夫婦、親戚などというものがある。そして私の周囲には、弟が犯罪を犯したとか、親が世間体の悪いことをしたとか、夫や妻が近所の悪口のまとになっている、とか言って苦しんでいる人がたくさんいる。

その問題について、私はこう考えている。

親や、兄弟や、配偶者や、親戚が何をしようが、それは或る人にとって実は何の関係もない。もちろんそうなるまでに、助けたり、いさめたり、励ま

したりすることは必要である。しかし尽くすべき手を尽くしてそうなってしまったら、その後のことまで当人はどう責任を負うこともできない。世間は、当人と縁者を混同して、ひそひそと語り合うかも知れない。あの人のお父さんが人殺ししたのよ。あの人のお姉さんが万引きしたんだって、というぐあいである。しかしそんなことには、超然としていればいい。なぜなら、兄弟であろうが、親子であろうが個体は別であって、他の人間までを、私たちは完全に支配したり、律したりすることはできないからである。ことに「変な親」などに、子供はどうして責任をとれよう。子供は親を選んだのではないのである。「おかしな夫（または妻）」も同様である。「手のつけられない兄（または弟）」もそうである。そういう場合、周囲が何と言おうとにこにこ笑っていればよい。

8

多数の中にいても、人と出会っているわけではない

人びとの中にいれば、本当に人に会っていることになるのだろうか。それがまやかしであることは、都会の人間は悪く言えば淋しく、良く言えば他人の干渉を受けることが少なく自由に暮らしているのを見てもわかる。

その反面、人間の数の少ない地方、つまり田舎では、人間は他人により深く係(かか)わり合う。親切にもしてもらえると同時に、その社会から、ちょっとで

もはみ出しそうになると、たちどころに制裁を受ける。

私たちは、若い時代には、人間に出会うことに対して、かなり甘い期待を持つようだ。それは、「適当な人間関係」というものがこの世にあり得そうに思うからである。孤独な時に話に来てくれ、忙しい時には適当にほっておいてくれる、というようなそんな友達である。

しかし、そのような適度な人間関係などというものは、通常望み得ないものなのである。人間関係は、深入りしすぎるか、冷淡かの、どちらかになる。

9 人は広場にいる時に最も孤独を感じる

人間が孤独であることを最もよく感じられるのは、むしろ広場においてである。

私は、よく外国の町を歩いていて、公園や広場で、一人ずつベンチに座り、決して隣に座った人と深く親しくなろうとしない人びとを見かける。中には、生まれつき、性格がかたくなで、他人と同調できない人もいるだろう。しかし、大ていの人は、心の中では常に誰かと親しくなりたいと思っているのである。

ただ、そのきっかけが摑(つか)めない不器用なはにかみ屋もいるし、実際につき合ってみると、自分の意にそわないことだらけなので脅(おび)えてしまう人もいるのである。

10　集団の中にいると暴走の危険が高まる

人間は一人では暴走しなくても、衆をたのむと、平気で暴走できる。一人では人を殺せなくても、国家の正義の名のもとになれば、戦争という大量殺人に、それも喜んで、意義を感じて、参加できる。

私たちは一人でいる時より、むしろ集団の中にいる時の方が危険である。

一人なら自分を保てても、集団になると、自分を失うのはいともたやすい。

一人の場合、自己を保つことは、善であり、美であるが、集団の中では、個人を失わないことは異端と言われる。しかしそんなことはないのである。一人の場合にも大切なことは、集団の中の個人になっても重要である。

11 魂の個性は一人一人が唯一無二のものである

個人の尊厳、一人一人の魂の個性は、はっきり言っておくが、この世に二つとないものなのである。それは宿命的に、他人とは決して、同化できない唯一無二のものである。このことはどれだけ強く、明らかにしておいても、しすぎる、ということはない。

それ故(ゆえ)に、広場の中にあって、他人と同一体験を分け合っても、人間は決して、精神の総(すべ)てを同化させた、と思うべきではない。人間の精神は、そんなお手軽なものではない。どんなに同化させようと努力しても、他人とは同じになれないところに、むしろあらゆる悲劇は起こっているのである。

これは同じ性格、同じ体質、同じ生活環境を与えられているはずの双生児においてすら、同じ人生を歩けないことを考えればわかる。別の言い方をすれば、人間は魂を、それほど易々(やすやす)と集団に売り渡してはいけないのである。

12 人間嫌いには二種類ある

人間嫌いということが、ひと頃、何か知的な精神作用の結果のように、私にも思えた時代があった。

人間嫌いには二種類ある、ということがわかったのは、ずっと後になってからである。

一つは要するに自己中心的で、他人に興味がない場合である。その場合、他人は、風景や、道具や、或る社会的システムの一部品とみなされ、自分にとって快いものであれば採用するが、そうでなければ、何のためらいもなく追放する、ということになる。

もう一種類の人間嫌いは、自分と相手の意志の疎通が完全に行われないことに関する不安が、その根底になっている。この種の性格の人は、誠実で厳密なのである。

つまり、自分も、きちんと相手にわかってもらいたい。そして相手のことも、理解したい。しかし、それはかなりむずかしいことだということも推測できるから、他人と交渉を持つことが辛(つら)くなってきてしまうのである。

13 自分勝手に黙っていることは一種の暴力である

「沈黙は金」ということはない。もちろん喋り方にもいろいろあって、立て板に水を流すように喋る必要はない。しかしその人らしく、ぽつりぽつりでもぶつぶつでも、その場に合わせて喋るということは、ぜひとも守らねばならないことだと思う。

私は社交的であれ、などと言っているのではない。そういう席で自分勝手に黙っていることは、まわりの人間にはっきりと困惑と苦痛を与えるから、それは一種の暴力だと思うのである。

それでもなお喋りたくない、という人もいるだろうが、そういう人は断じて一生、人とあまり交わらぬことである。今の日本は世界に稀なありがたい自由な国だから、まわりと全くつき合わなくても、思想を疑われたり、配給の物資がもらえず、従って生きていけないこともない。一生堂々と一人で暮らして、無口を決め込むことである。

14 相手に合わせるのに利口ぶることはない

やや妥協して人生を平凡に生きようと思うなら、中学生、高校生の頃から、食事やお客の時くらいは大人たちの会話に合わせて暮らすことを、私はきびしく躾(しつ)けたいと思っていた。ましてや社会人になって、二、三分くらい、嘘でも何でもついて、相手とうまいことやれないような人など、多分どんな仕事もなし得ないだろう、と思う。

なぜ喋(しゃべ)らないか、というと、自分をバカだと思われたくないからだという人が多い。

誰も、十六や十八、或いは二十や二十五の青年たちが、そんなに物知りで利口だとは思っていない。自分は物知らずだと思ったら、年長の物知りの人に、質問して喋らせ、それをまともに聞いていて、感想を述べ教えられた感謝を伝えればいいのである。

15

「社交」は人間教育の一つのチャンスである

青年は未熟な質問をしても、受け答えをしても、考えを述べても、誰も怒らない。むしろ未熟な質問のできることが、その青年の人間としての自然さを示すことになるのだから、安心して質問すればいいのである。

教育というものは、知識偏重で行われても、決してうまくその効果を発揮しない。実を言うと、私はむしろ心の中で、社交的人間というものを今でもあまり信じていないし、むしろうさん臭く思っているところもある。

しかしあらゆる形において、社会と接触するということは、自らを心理的にコントロールする必要に迫られ、それが人間の精神をきたえ、柔軟にする。その柔軟さが学問や事業を達成する場合の触媒（しょくばい）作用を果たすのである。

社交のうまい人間など、それだけでは大して価値もないが、その要素を子供たちに要求しない親というのも、また一つの教育的なチャンスを失っているという気がしないでもない。

16 友とつき合うことは、心の一部を開くことである

友とつき合うということも、心の一部を開くことである。これは通常考えている以上に大切な任務である。そしてその癖は、比較的早いうちから子供につけておかねばならない。それには、父と母が、その手本となり、子供もそこに努力の跡を見抜けねばならない。

ちょっと無理して「社交」をした後、やれやれと思ってフトンにもぐり込んで眠るしあわせを味わうためにも、人とつき合う時に、少し努めることは悪くないはずである。

17　家族の間でも、プライドをつぶすことは絶対に許されない

家庭の中では気楽であることが第一だが、だからといって何をしてもいいわけではない。

ことに会話は、心理的なものに直結しているから、親子、夫婦の間でも、何を言ってもいい、いくらでも黙っていてもいいというわけではない。相手の存在、プライドを根本から叩きつぶすようなことだけは、たとえ家族でも、死ぬまで口にすべきではないし、また、相手のことを本当に考えていたら、一時的な怒りでそのような恐ろしいことを口に出せるはずもない。

18 食事の時には機嫌よく喋らなければならない

食事の時には、楽しくても楽しくなくても喋らねばならないのである。なぜならば、家族はもちろん家族以外の人と食事をするということは、外界に向かって心を開く、ということを前提にしているのであって、そこで一人でいる、ということは約束違反になるからだ。

ごく一般的には、いかに年頃の娘、息子といえども、親や兄弟に対する礼儀から、食事の間くらい我慢しても機嫌のいい顔をすべきだし、親もそれくらいのことは要求してもいいと思うのである。

19 家で話をしない夫は怠惰である

私は、家では何も話をしない夫は怠惰だと思っている。たくさんしなくてもいい。ぽつりぽつり、嘘でも本当でもいいのである。妻がほんの少し満足するくらいの外界の話をし、子供にも自分の若い時の話をするような父でなくてはいけないと思う。

疲れているのはよくわかっている。しかし家へ帰ってから「フロ、メシ、ネル」としか言わない父や夫というのは、父や夫になるべきではなく、一生まかないつきの会社の寮にいるべきであった。家族というものには心の一部を示し合う義務がある。

20 人間関係に必要な配慮とは、謙虚さ、気の長さ、優しさ

人間関係は永遠の苦しみであり、最初にして最後の喜びである。どんなにうまく関係を作ろうとしても、私たちは必ずまちがいを犯す。それは個体として私たちは別個であり、考え方も違うからである。だから失敗を恐れることもない。

もし人間関係に必要な配慮があるとすれば、それは相手に対する謙虚さと、徐々に物事を変えていこうとする気の長さかも知れない。それと私が好きなのは優しさである。私は自分自身が優しくないので、優しさに会うと自分がはずかしくなる。

本物の「大人」になるヒント………Ⅱ

他者と自分

21 自分や他人を理想化しない

私は、作家であることとカトリックの信仰と二つのものから、かなり自由な人間になることができた。

まず作家であるという立場から考えると、私は、自分や他人を決して理想化することなく見られるようになった。もちろんあらゆる人間にはウヌボレがあり、どうにかして、自分のみじめさをあまり考えたくないとする自己防御本能はある。

しかし大ていの人は、大体似たり寄ったりのものなのだから、自分の中のさまざまな弱点や醜さはそれが決していいことではないにせよ、まあ世の中にけっこうあるもの、と考えられるのである。

22 弱みにおいて人間は皆同じである

イエスの言葉を集めた聖書の話も、また、生臭く、あくどく、すさまじい。その中でイエスが衝くのは、他人を批判するお前はいったい、どうなのか、ということである。キリスト教は、人間の弱みを正視する。自分はろくでもないことをしていない、という自信がある人がいたら、出て来て他人を告発してもいいが、そうでなければ人を非難するな、と教えている。

もちろん人間には個体差があり、私よりさまざまな面において優れている人も多いが、私より体力のない人もいる。しかしその差は僅かである。弱みにおいてこそ人間は皆同じ、と言えるので、私はいい人であいつが悪い奴、と思っている限り、精神の解放はないのである。

23 人間は同じ程度の立派なことと、ろくでもないことをする

私は、自分のことで何が何でも隠さねばならないと思うことなど、一つもない。どんな醜さも、おろかしさも、私なりにふさわしく、充分、あり得ることで、《そうだろうとも》と皆に思ってもらえそうなことばかりである。私には、サギをするのは、知的能力の面でむずかしい点が多いが、殺人なら時と場合によっては充分犯せるといつも思っている。

そしてそのほかの、けちだったり、金づかいが荒かったり、だらしなかったり、お喋りだったり、身勝手だったり、人の心がわからなかったりすることは、私にもいとも簡単にできるのだから誰にでもできるのである。

そしてそんなふうに思えば、適当に怠けることで、自分の心をのんきにし、他人にも寛大になることなど簡単なのだ。

どんな職業であろうが、人間は皆似通っている。どんな政党に属していようが皆人間なのだから、同じ程度の立派なことを言い、ろくでもないことをする。

24 死にものぐるいで隠さねばならぬ恥などない

人間が皆、強さも弱さも同じように持っていることを思えば、「あの家はああだ」とか、「あのうちの嫁さんはこうだ」とかいう言葉もなくなるはずである。あのうちの嫁さんがそうなら、私にもその要素はあるはずだからである。またどんなに体裁のいい顔をしていても、内側に醜いところのない生活もない。どの家庭も似たり寄ったりである。

それを思えば死にものぐるいで隠さねばならぬ恥などというもののもなくなる。

25

あらゆることには二面性がある

親も先生も教えてくれなくても、あらゆることには二面性があることを知らなければならない。慎重であることはよくも悪くもあり、人の好いこともよくも悪くもある。頭のいいことさえ、必ずしもよくない。

そして几帳面などというものは、頭のよさと同じ程度に高く評価されているが、実は周囲にいる人を破壊的な不幸に陥れる場合もあるものだということを、世間はどうしてかはっきりと言わないのである。

26 職種や立場で人を決めてかかってはいけない

革新のみが人道的だとか、資本家は悪者だとか、農民は貧しい、とか、先生は道徳家である、とか、すべてこれらは全体主義的な見方である。革新にも真の人道的な人と偽人道主義者とがいる。資本家にも真に賢いヒューマニストと図太い権力主義者とがおり、農民にも本当に貧しいのとそうでない怠け者とがいる。教師にもほのぼのと人格的に立派な人とそうでない人とがいる。

私たちは、職種や、立場や党派で、ユメ、人を決めてかかってはいけない。それどころか、充分に疑って、あらゆる善と悪が共存する姿を眼をこすってとくと見極めねばならないのである。

27　あらゆる人が生きるためのやり方の好みを持っている

あらゆる人は、生きるためのやり方の好みを持っているが、それが全部いい、ということはないのである。そしてまた、その人の流儀は他人から見ると、それなりにおかしく理解できない部分もある。

民主主義というものは、実にこの辺の苦悩から出たのである。それぞれに千差万別の人が、同じになることなど決してできない。できているように見える場合もあるが、それは恐怖政治によるものである。もし自由が尊く、本当の自由を保とうとしたら、当然、人間はその中で千差万別になっていく。少なくとも個性を持つ人ならそれが当然である。しかしそれを超えて、私たちは何とか生きていかねばならない。

28 「いいえ」と言える勇気があれば生き易(やす)くなる

人間は、つきたての餅のようなものである。すぐ、なだれて、くっつきたがる。違いを違いのまま確認するということが、実は恐ろしくてたまらない。できたら、何とかして人と違わないのだ、と思いたい。しかし、実際はれっきとして違っているので、つい悪口を言いたくなるのである。

もし、或る人が「いいえ」と言う勇気を持っていたら、どんなにこの世は生き易くなるだろう。「いいえ」と言うことは、決して、相手を拒否することでも、意地悪をすることでもない。むしろ多くの場合、それは各々の立場が違うことの確認である。

「いいえ」を言える人は、当然「はい」の言える人でもある。友達に何かを頼まれる。それは或る場合には、それほど気楽にできることばかりではないかも知れない。時には自分が少々不便し、辛(つら)い目に遭(あ)い、不利を承知で引き受ける。それが本当の「はい」である。

29

根も葉もある褒め言葉で人を喜ばす

親は、他人があまり気づかない子供の美点をこそ、褒めてやらなければいけないのではないか。或いは、子供がむしろ自信を失いかけている点に、新たな価値観を見つけてやらねばならない。

親だけではない。私たちが友人を支える時には、皆がいいという点だけではなく、その人の弱点をカバーして、その人の他人から誤解されやすい点に、正確な意図を汲みとってこそ、親友の支持というものができるのである。もっと平たい言葉で言えば、試験の成績のよさを褒めたりしていたら、平凡で功利的な親子関係しかできないだろう。

お世辞のうまい人というものは気味が悪いものである。「嘘でもいいから、お世辞を言われたら嬉しい」というのは、正確ではない。人間は、根も葉もある褒め言葉なら言われて嬉しいのである。

30 評価と感謝なしに、居心地のよさを与えることはできない

或る人間にとって居心地いい場所というのは、衣食住の完備だけではない。いかに厚生設備がゆき届いている会社であろうと、「あなたはこの会社に別にいてもらわなくていいですよ」という顔をされたら、誰だってあまり気分よくはなかろう。

逆につぶれかかっているような会社でも「君が頼りだ。君にいてもらいたい」と言われれば、奮起する人も多いのではないかと思う。

家族や友人も同じである。評価と感謝なしには、或る人に居心地のよさを与えることはできない。そして或る人間についての評価というものは、まことに複雑である。それこそ一たす一が二になるというような調子では、決して割り切れるものではないのである。

他人を尊敬できない人の不幸というものがもしあるとすれば、自分が偉い人物だと思い込んでいる不幸もまた、あるようである。

31 文化的生活を営むために、お便所掃除やゴミ捨ては基本である

人間の条件は、まず人間が、動物として生息できる、ということである。動物として、とは言っても、ターザンのように原始林の中で暮らせる人もごく少数だから、いちおう文化的生活を営むと考える。

お手洗いの掃除をしたことのない中学生、家庭の台所で出るゴミの処理をしたことのない高校生にいたってはいくらでもいる。

「どうしてそういうことを、おさせにならないんですか。お宅は、それほど

人手がおありになるんですか」

と尋ねると、

「いいえ、決してそういうわけではありませんけど、何しろ学校の勉強が忙しいものですから」

と親たちは言う。ということは、お便所掃除やゴミを捨てる作業は、学校の勉強よりも大切でないことになる。これは重大なまちがいであろう。

人間が一人生活したら、必ずあたりを汚す。それを元へ戻しておくという作業ができない人がいたら、やがて社会は不潔な状態になるか、少なくともその個人は非常に非衛生的な環境で暮らすことになろう。

32 「人間」の条件とは多数に属することである

人間の条件とは何か。

皮肉に言えば――それは多数に属することである。「もし三つ目小僧が人間社会の過半数になれば、二つ目は怪物だ」という言い方においてである。

もっと簡単に言えば、平凡になることである。「健康で文化的な最低限度の生活」を営み得ることは憲法で保障されているが、それは、つまりは平凡ということである。「病身で豪華な生活を営むこと」と憲法が規定してくれれば、これは非凡となる。しかし私は平凡が好きだ。平凡は偉大である。

33

料理のできない男女は餌のとれないライオンに近い

料理についても、私は男も女と同じようにできるべきと思う。料理人は、多くの場合女の仕事であっていい。しかし我が家の息子に言わせれば、インスタント・ラーメンでさえ、本当においしく食べるには、自分で煮るしかないという。なぜなら、メンの煮上がりの微妙な軟らかさや硬さは、その人の好みであり、なかなか口で説明し難い。息子の好みを、自分の好みの如くよく知っていて、いつでも理想的な状態を作ってくれる母親もいないことはなかろうが、子供が母親と一生暮らすことを前提にするのは不気味である。

料理ができない男女は、それだけで餌のとれないライオンに近く、人間の条件からはずれそうになっている、と考えるべきである。

34 穴掘りのできない人間は人間でない

穴掘りというものは、人間が地球上に住むための基本的作業である。原始生活においても人間は穴を掘ったし、後には家を建てるためにも穴を掘った。兵隊たちは弾をよけるためにも穴を掘ったし、死者を埋葬するためにも穴を掘らねばならなかった。

穴掘りのできない人間は人間でない。ところが私をも含めて、現代人はめったに穴を掘ったことがない。あれは見かけよりははるかにむずかしく、辛(つら)い仕事である。地面は固く、要領のわからない素人が土をほうり上げるのはかなりひどい作業である。腰も痛くなってくる。

どうして学校は生徒たちに穴を掘らせないのだろうか。人間、一メートルくらいの穴を一つ掘り上げられる力は誰もが持っていなければならない。そうでなければ、長い年月を生き抜いて来た人間の歴史の原型にさえ達しないのである。

私はあまり未来を綿密に考える人間ではないから、近い将来、地球上がエネルギー危機によって冷えてくると同時に、すべての品物も欠乏してきて我々が再び半穴居生活に戻る、などとは考えていない。それでも、穴ぐらい掘れない人間はやはり人間ではないと思う。

35 物欲しげな態度は精神の品性にかかわる

私の家の近くに、外国の高級車を売る代理店ができた。日曜日になると、そこへ、小学校の五年生くらいから中学三年くらいまでの男の子が、カメラ片手に、蟻のようにむらがる。駅からその店まで、歩道上の人出はただならぬものを感じさせるくらいになる。

何も法律上悪いことはない。道で拾ったコカ・コーラを飲むのと同じくらい、外国の高級車を眺めたり、シャシンにとったりすることは無邪気な行為である。しかし、私はこの子供たちの親は何をしているのだろう、と考える。悪でなければ善なのか。断じてそうではない。

彼らは第一に物欲しげである。自分には買えないものをせめて見に行く、という心情は悪ではないが、人間の心情の中で低劣なものと私は思っている。私が決して買えないダイヤの指輪を見に、日曜ごとに、宝石屋のショーウインドーの前をうろつくとしたら、それは、やはり軽蔑されても仕方のないことである。

なぜ、この子たちの親は、「そんな浅ましいことはおよし！」とどならないのであろうか。私なら、これは子供の精神の品性にかかわるかなり重要な要素として、本気で問題にするだろう、と思う。

買えない自動車を見に行き、その店の親爺さんに、「じゃまな子供たちだ」と思われるだろう、ということを本能的に感じない子は、素質的に鈍感なのである。流行で皆が行くから行くという点もなさけない。そこには人間としての羞恥心もプライドもない。この子たちの親が自分の子を従順な民衆の一人にする気ならこれでいいが、少しでも社会で重要な独創性を必要とするポストに就かせようと思うなら、こんなことを放置しておいていいわけはない。

36 自分が損をする側に回る時、魂は輝きを発揮する

銀座の歩行者天国で、タダのトマトをくれる、とする。「高知はもう夏です」という宣伝である。私はこのタダのトマトを並んでもらうことを悪いとは言わない。しかし、私の子供が何の心理的な抵抗もなく並んでもらい、そして「得しちゃったね」と言ったら、私はその横面をひっぱたき、その心の貧しさをかなり重大な病状と考えるだろう。

そのトマトは、はっきり言えば夏を喜ぶためのものである。人々に夏の計画を立てさせるものである。しかし、タダのトマトをせしめるために貰った

のだったら、私はやはり背中が寒くなる。

損と得というのは、動物と商人にとって目安になるものである。動物は餌をほかの仲間より多くとろうとする（もっとも猫などはもう遠慮を知っている）、商人もまた商業そのものが利害得失の中で、「利」と「得」を目標にするという原則に従っている。

しかし、もっと広い意味での人間は違う。人間は自分が損をしても、失っても、時には生命さえ犠牲にしても、自分が与える側に回り得る。むしろ自分自身を「害」し「失」って他の人に与える時、人間は人間のみが持っている魂の輝きを発揮し得るのであり、「生きてきた甲斐があった」という実感を持つのである。

37 まっとうな人間とは、愛をもって損な立場に回れる人である

動物と人間の間の一線は意外とはっきりしている。動物が少しずつ進化して人間になっているのだとは思えない。人間と動物とは、精神作用の上では、明らかに本質的な境界線があり、動物にはなし得ないことを、人間はできるのである。それは、「魂の生を生きること」である。「他人のために死ねること」だと言ってもいい。もっと穏やかな言葉で言えば、「他人のために、愛をもって損な立場に回れること」だと言ってもさしつかえない。

どんな秀才でも、立身出世のためにいい学校に入ることを目標にし、世間体のいい職業について利益を得ることだけを考えている限り、それはまっとうな意味でまだ人間になってはいないのである。

38 受けるのではなく与えること、得をするのではなく損のできる強さを目ざす

自ら申し出て見ず知らずの死刑囚の身代わりになり、アウシュビッツ強制収容所の中で餓死刑を受けたコルベ神父という人の話を私がすると、インテリの中にも、「身代わりになって死ぬなんて、そんな損なこと、どうしてするんだろう」と全くわけがわからないような顔をする人がいる。

外面的に見れば、それは確かに損なくじを引いたのである。しかし、それは最も偉大な人間的な行為であった。人間の中でも、最も強烈で、豪快で、尊厳に満ちた人間であった。もし我々がささやかにせよ人間としての光栄に満ちた一生を送ろうとするなら、それは受けることではなく与えることを、得をすることではなく損のできる強さを持たせて下さい、と希求することなのである。

39 人間は一人で生まれてきて、一人で死ぬ

人間がどんなに一人ずつかということを、若いうちは誰も考えないものである。身のまわりには活気のある仲間がいっぱいいる。死ぬ人よりも生まれる話の方が多い。

しかし、どんな仲のよい友人であろうと、長年つれそった夫婦であろうと、死ぬ時は一人なのである。このことを思うと、私は慄然（りつぜん）とする。人間は

一人で生まれてきて、一人で死ぬ。

生の基本は一人である。それ故（ゆえ）にこそ、他人に与え、かかわるという行為が、比類ない香気を持つように思われる。しかし原則としては、あくまで生きることは一人である。

それを思うと、よく生きよく暮らし、みごとに死ぬためには、限りなく自分らしくあらねばならない。それには他人の生き方を、同時に大切に認めなければならない。その苦しい孤独な戦いの一生が、生涯、というものなのである。

40 与えて生きた人は、安らぎのうちに死ねる

死刑囚の最期に立ち会う教誨師によれば、死刑執行の当日になってじたばたするのは、子供のない人だという。後に心を残して死なねばならぬ子持ちこそ、本当は死にたくないといって騒がねばならないのだろうが、それが逆になるのは、子供のない人は自分が死ねば後に何もなくなる、と思うからだろう、という。

子供を産めばいいというものではない。子供がなくても人間として与えて生きた人は、すでに彼が生きてきた証を、後世に伝えたという自覚を持てる。最後の日にその人はなすべきことをした安らぎのうちに死ねるのである。

本物の「大人」になるヒント………Ⅲ

魂の自由

41 まちがいを認める心の柔軟さを身につける

昔から、私には、奇妙な確信がある。

それは、私がこうだと思い込んだことは、実にまちがっていることが多い、ということである。初め、私はそのことをひどく恥じた。頭が悪いせいだと思ったり、物を知らないからだと考えたりした。しかし、そのうちに恥じていよう、またまちがえよう、と思うようになった。

「私」という人間の特徴は、いい悪いは別として、まちがえることにあるのだし、私の強みは、自分のまちがいを認められるところにあるのかも知れない、と考えるようになった。

それは私が、世の中の秀才たちを身近に見て、彼らが、自分のまちがいを許し得ないために、人間味を失い、人間が硬直しているのを見て、少し気の毒になったこともあずかって力がある。

42

ウヌボレやナルシシズムには明るい救いがある

自分を知る、ということは、どれほどいやなことか。昼間犯してきた自分の愚行を考える時、私もまた時々、自分の部屋に鍵をかけてもまだ居場所がないような思いになることがある。

自分をかなりましだ、と思っている人間に対して、あれはウヌボレだとか、ナルシシズムだとか言って、私たちは非難することがあるが、ウヌボレとナルシシズムは、考えてみれば明るい救いである。

あまりの自分の醜悪さにいたたまれなくなって、死にたくなるほど思いつめるよりも、ウヌボレとナルシシズムは、まだしもかわいげがある。そう思うと、私はしょっている人を憎めない。

私はいろいろな人に対してウラミを持ったことはあるが、しょっている人を本当に憎んだことはなかった。私はそこに、その人の救いの、一つの形を見ていたのかも知れない。

43 買いかぶられるより、バカだと思われる方が安心できる

さらにむずかしいのは、過不足なく自分を表す、ということである。私はうまく喋(しゃべ)れません、とか、手紙の文章がうまく書けません、という人は、自分を必要以上に、よく見せたいと思うからなのである。

買いかぶられるよりも、実際よりバカだと思われる方が、どれだけ、静かで安心できるか。という場面に私は時々ぶつかることがある。できれば限りなく正確に、自分をそのまま表すこと。その姿勢に私たちは馴れるべきなのである。

もちろん、そのためにはさまざまな意味のない防備から自分を解き放たねばならない。素手で外界を受けとめることである。私にはできないが、それが本当に勇気ある人のりりしい姿だろう。

44 勝ち気さは狭量で幼稚な人を作る

勝ち気、負けず嫌いな人は、やる気があって、子供の時はおおむね「いい子」と思われるのである。いい成績をとりたいから勉強はするし、将来、「何になりたいの？」などと聞かれると「ベンゴシ」とか、「学者」などと言うから、我が家の息子のように、「ボクねえ、お金持ちの年上の女の人とケッコンして……」などという、ココロザシの低さを見せつけることもない。

しかし、勝ち気というものは、多くの場合こちこちの人間、狭量で幼稚な人を作る。

45

とりつくろっても、他人を完全に
ごまかすことはできない

人間は果たして、とりつくろうことで、そんなに他人を完全にごまかし得るのだろうか。若い時には、努力しだいでできる、と私は思っていた。しかし、今、私は別の答えをするようになった。人間は決して、そんなことではごまかせないのである。もちろん、人間のつき合いには浅い深いがある。

或る日、私が起きたてのモーローとした顔で、髪もくしけずらず、半分死んだような表情で、ボロ寝巻を着て、縁側に立っている姿だけを見た人は、ああ、ずいぶんひどいものだと思うであろう。

反対に、私が年に何度かのおめかしをして出かけた時に私の姿を見かけた人は、私がいつもきりきりとして身だしなみのいい女だと、錯覚するかも知れない。

その両方の姿は、どちらも、本当で嘘なのである。

46
自信のない人は、序列や世評で自分を防御する

大臣と知り合いだったり、社長の奥さまと同じ先生についてお茶を習っていたり、特定のエリートのグループに入っていることが嬉しかったりする人を見かけた時は、その人は、多分に弱いところのある人だと思っていいだろう。

なぜならこれらの人々は、金、権力、社会的地盤、などというもので、自分を補強しようとやっきになっている。そしてしばしば勝ち気と言われる人は、本当はあまり自分に自信のない人で、序列とか、世評とかを、死にものぐるいで、大切にしているのである。

47 勝ち気や見栄を捨てれば強くなれる

本当の意味で強くなるにはどうしたらいいか。それは一つだけしか方法がない。それは勝ち気や、見栄を捨てることである。すぐばれるような浅はかな皮をかぶって、トラに化けた狐のようなふるまいをしないことである。

世間は人間の弱みや弱点など、すべて承知ずみなのだ。金のないことも、一族の中にヘンな人間がいることとも、子供が大学にすべったことも、そんなこと、あちらにもこちらにもごろごろ転がっていることなのである。それなのに、自分だけは関係ないような顔をすることじたいが、もうおかしい。

48 弱点をたんたんと言えないうちは未熟である

勝ち気や見栄を捨てた時、人間は解放される。かつての私の首や肩のように、こちこちではなく、しなやかな感受性を持ち、自由になれる。その自由さの中で、人間は光り輝くように、その人らしく魅力的になり、かしこげになり、金はなくても精神の豊かさを感じさせるようになり、大人物に見えてくる。

自分の弱点をたんたんと他人に言えないうちは、その人は未だ熟していない人物なのである。

49 知ったかぶりよりは、むしろ知らない方がいい

私たちはどんな人からも学び得る。学問も何もない人の一言が、哲学者の言葉よりも胸にこたえることがある。宝石はどこに落ちているかわからない。だから私たちは、常に教えられるために心を開いていなければならないのである。

昔から私はたくさんの失敗をしでかし、試行錯誤で、そのうちの一部分は、自分のおろかさとして身にしみた。一部は恐らく気づかないままに過ぎて来てしまったと思われる。その中で年ごとに強く思うのは、「知ったかぶりよりも、むしろ知らない方がいい」という実感である。現実問題として、私は知らないことの方が多いから、知らんふりなどという、高級な演技ができる機会など非常に少ないのだが、それでもそう思うのである。

50 頭がよくないと思われていることは強みになる

私の出た学校は、昔はあまりできのよくない女の子が行く所と思われていた。受験戦争のおかげで、しかしそのおっとりのんびりした学校にも秀才が来て下さるようになり、今から二十年も経てば優秀な若い世代のおかげで、私もきっと昔からの秀才校の卒業生だと誤解してもらえるようになるだろう。

そのように、あまり頭がよくないと思われている学校の出身者には、どういう強みがあったろうか。

第一に、私たちは謙虚になれた。自分は頭脳明晰（めいせき）でもなく、物も知らないのだから、勉強しなきゃ人並みについて行けないんだ、と思う。この姿勢が大切なのである。

第二に、頭が悪いと、いつも人がバカに見えることもなく、常に他人を尊敬していられる。私のひそかな偏見によれば、他人が常に自分より劣った者だと思っている人には、その実感による満足よりも、不幸な意地悪な心理が表情に出てきているような気さえする。

51 知っていることでも感謝して聞く方が、新しい発見がある

ありがたいことに、こちらがていねいに伺って感謝をすれば、他人に物を教えるのをいやがる人は非常に少ない。そして、知っていることでも、二度、三度聞くことは無駄でない場合が多い。

たとえば、聖書の話などは、何度、聞いても読んでも、私は新しい発見をする。知っている、という点だったら、素人としてはかなり知っているのだが、それでも相手の人独特の解釈や表現が、その都度為になり楽しいのである。

52 知らない、ということに関しては後から訂正がきく

人間は知っていると思い、知っていると言ったことに対しては、もう、取り返しがつかない。しかし知らない、ということに関しては後からいくらでも質問できる。

他人が離婚した、人を殺した、盗みを働いた、そういう事件をどう思うか、と聞かれた時など、私は確信をもって知らない、わからない、と答える。なぜならそれらの「事件」の背後には、他人がとうていうかがい知れない本当の理由が必ずあるものであって、当人以外そのことについて解説できる人はないからである。

53 わからない、ということには奥深さがある

ユダヤ人は、昔も今も律法を守り、厳しい戒律によって暮らしている。彼らは今でもなお旧約聖書の「出エジプト記」に出てくる「あなたは仔山羊をその母の乳で煮てはならない」という戒律を守って、肉とバターを決して同じ食卓には載せない。肉料理の出る食事では、パンはバターなしである。それは、仔山羊を早く殺すことによって、その母からとり上げると、母山羊の乳が出なくなるからだ、という功利的な説明もある。しかし豚肉や兎肉を食べることが、それが「申命記」や「レビ記」などで不浄なものとして禁止さ

れているからと言って、今もなお彼らは食べないでいるのかはわからない。

私はその点について、ユダヤ教の長老に質問し、非常に卓抜な答えを得た。

「我々は、現在、この地球上で起きていることの殆どを人知で解明できるように思っています。しかし十八世紀、十九世紀には、飛行機も、テレビも、原子爆弾も私たちの生活にはなかった。その時には我々は、それらのものに対して全く考える能力を持っていなかったのです。

今もなお、我々は想像もできない未来の手前にいるのです。今わからないことも、数百年先にはわかるかも知れない。それまではとりあえず、わからないことでも、それが神の命令とあれば守っておくのです」

54 どんな人にも感情の捌け口が必要である

人間、いかなる人物も、心理の底に溜まった感情の捌け口が必要であることを忘れてはいけない。人間の感情もまた下水と同じで、必ず出口を作ってやらないと溜まって、所ならぬ所から溢れ出す。

この感情の捌け口をうまく作るか作らないかが、私たちの精神が解放されているかどうかに結びつくのである。

55 沈黙によって閉ざされた精神には毒が回る

人間はまず第一に食べねばならない。それは確かである。しかしそれと同時に、人間の精神は解放されねばならない。全体主義国家では、確かに人民は飢えていないかも知れないが、めいめいが考え、違った思想を持ち、それぞれの理想を抱き、個人の夢と希望を許すという寛大さは与えられていない。私たちは社会的にも解放される必要があると同時に、個人としても、自らを解放しなければならないのである。

私は、今までの人生で、何かというと貝のように押し黙る人たちに会った。その沈黙のゆえに、彼らは自分の地位を当面は安泰にした。しかし閉ざされた精神には毒が回るように見える。

56
保身ばかりでは、おもしろい生活は与えられない

何事もそうだが、人間は捨て身になった時にしか道は開けない。保身の術しか考えていない間には、おもしろい生活は与えられない。精神を解放して真の自由を手に入れるためには、他人にかげ口をたたかれ、誤解されることも覚悟の上でやらねばならない。

それが全体主義国家の場合などには、自分を解放して真の自分として生き

ることは、多くの場合不可能であり、やり通そうとすれば生命を落とすことにもなる。しかしそれでもなお、たくさんの人がそのようにして精神の生命を選んで肉体の生命を捨てた。

ありがたいことに、目下の日本ではそんな思いをしなくて済む。風の如く自由に、自分の生涯を設計できる。もちろんそれは、人生が思いのままになる、ということではない。人の一生は思いのままにならないことが原型なのだが、めいめいの目標を設定して、そちらの方向へ向かって歩き出す、という自由はあるのである。

57 世間に流されっぱなしにならず、自分で判断する

楽に生きるとは、どういうことだろうか。

人間が生きていくということは、外界の流れの中にある自分を保つことである。

外側の流れを変えることは、一国の総理大臣にさえ不可能なことが殆どだから、一市民の私たちとしては受けて立つほかはない。そこで、流れに抗し

PHP文庫
http://www.php.co.jp/

見方を変える

何事もゆきづまれば、まず
自分のものの見方を変えることである。
案外、人は無意識の中にも一つの見方に執して、
他の見方のあることを
忘れがちである。

――松下幸之助『大切なこと』ＰＨＰ研究所より

たら、外圧は非常に大きくなる。さりとて、木の葉が流されるように、世間の言うなりになったのでは、（もしあるとすればの話だが）人間の尊厳などというものも何もなくなってしまう。

私ははっきり言って、流されっぱなしだけはごめんだと思う。自分を保ちたい。自分の一生なのだから、自分の判断によって、運命を試してみたい。そして死ぬ時に、恐らく《ああ、自分がまちがっていた》と思うことも多いのだろうが、その時は、自分を憐（あわ）れんで、《バカな奴だったなア》と言って死ぬつもりなのである。

58 人によく思われようと思うことをやめる

自分の生き方はしたいけれど、頑張って生きたくはない時、どうしたらいいだろう。これが私の長い間の問題であった。そして、答えは出ないまでも、やや解決策に近いものを幾つか、私は探り当てたのである。

その第一は、人によく思われようと思うことを、あっさりとやめてしまうことである。というと、投げやりに、どうでもなれ、と思うことのように見えるかも知れないが、そうではないのである。

59

褒められても、けなされても、実質が変化するわけではない

一般に、自分がよく思われたいと期待する時に、そこに奇妙な緊張を生じる。よく思われて褒められなくても、私は私なのである。褒められたからといって、私の実質に変化があるわけではなく、けなされたからといって、私の本質まで急に悪くなるわけではない。時々世間には、「悪者」だと言われる人が出てくるが、その人がどの程度「悪者」であるか、「善人」であるかは、世間の風評とは全く関係ない。よく思ってもらうことを、世間に期待しなくなると、人間は地声で物を言っていればよく、とびはねて歩かなくても大地を踏みしめて立っていられ、まことに楽になる。世渡りから見ると、これは下手なのだろうが、この自然さは、精神に風通しをよくするから健康にいい。

60 あるがままの自分を「ゴカンベン」願う

第二に有効なのは、嘘をつかないことである。

嘘のない生活というのは、あるがままの自分を「ゴカンベン」願う、という心境である。「居なおる」というのと、少し似ているが、「居なおる」のには、精神の硬直が感じられる。それを省いた感じである。

嘘をつくのは、自分の評価ではなく、世間の評価で暮らしていこうと思うからである。

私の周囲には、本当はジャーナリストか小説家になりたかったのに銀行員になってしまった、という人が、三人ほどいる。皆堅気(かたぎ)な家に育ったので、親に「水商売はよしなさい」と反対されたのである。彼らは銀行マンとしても充分出世したからいいようなものの、もし親のすすめた世間通りのいい道で失敗していたら、悲惨な一生になっていただろう。世間の評価に気を使うくらい、人間が嘘つきになることはないのである。

61 義理は欠かさない方がいいが、欠いても大したことはない

第三に、楽に生きる道は、努力家と思われる人びとに捧げることになるだろう。

義理は欠かないにこしたことはないが、欠いても大したことはない。至れり尽くせりにしようと思っている人は、多くの場合ぎすぎすしている。それはその人が楽に、余裕を持って生きていないからである。不眠症、赤面恐怖症、強迫神経症、異性に対する神経過敏症、みんな、自分を実際よりよく見せようとする、不自然な努力の結果である。素直に、二本の脚で、大地に立って、風に吹かれ、できるだけの一日の仕事をした後は、夕陽を眺める時間や、歌を歌う時を残しておかなければいけないのである。

本物の「大人」になるヒント………Ⅳ

精神の鍛え方

62 大人は無邪気であってはいけない

この世で無邪気であっていいことなどあまりないように私は思っている。いくら子供でも、泥足で家の中に入っていいということはないし（もし、いいとするなら、他の大人たちも泥足で入ることだ）、相手が傷つくかもしれぬような言葉は避けるように、幼いうちから訓練すべきである。

なぜなら人間は一人で生きているのではないので、どのような規模の社会に住もうと、数の多少はあれ、他者の存在があることは間違いない。とすれば、他者を意識して生きることこそ人間社会の本質と言うべきであって、自分勝手に人のことなど考えずに生きたいという人があれば（私はその気持ちもよくわかるのだが）、その場合は砂漠か荒野にでも行って一人で暮らすほかはない。

63 他者の恩恵を受けながら、無邪気でいることは許されない

他者を意識せずには暮らせないということは確かに困ることなのだが、そのおかげで私たちは多数の人間によってでしか作り出せないあらゆる組織的な恩恵を受けているのである。今われわれが着ている衣類、食べている物、楽しんでいる娯楽、それらの九十パーセントまでは、他者が私に与えてくれたものである。それを享受しておいて、片方で他者の気を兼ねたくないなどというのは筋が通らない。言葉をかえて言えば人間は徹底して他者を意識した時に初めてそれを乗り越えて「一見無邪気な関係」を作り得るのだ。無邪気であるといえることがいいことだと、無条件で思われているので、世の中のあちこちには、いい年をして少しも本当に大人になろうとしない連中がうようよしている。

64 人の気を兼ねないのは、人間ではない

「人の気を兼ねる」ことの目的が、ありもしない権威へのへつらいであったり、自己主張を恐れるための結果としたら、それはあまり美しいものとはいえない。しかし、「こうしたら、どうなる」という判断が、根本的にぶっ壊れている人もまた、人間ではないことも確かである。

「他人の気をわかって、兼ねない」、或いは「わかりながら、許してもらう」ということの方が、より人間的だと私は思う。

65
悪口を言う人と言われる人は、ただ姿勢が違うだけである

私たちは、他人を嫌ったり憎んだりする時、少なくともそこに、多少の、道徳的な、或いは、誰が聞いても納得のいくような常識的な理由がある、と信じている。あいつは酒乱だからいやだ。サギ的な言辞を弄する人間とはとてもつき合っていけない、というような言い方である。しかし、これらは殆どの場合、摩擦の根拠になっていない。「調子のいいことばかり言う男」も悪口を言われるが、「お愛想の一つも言えないボクネンジン」も非難の対象にならないではない。「金もうけばかり考えてる奴」と「経済的無能力者」。「出世欲の権化」と「世をすねた男」。どっちに転んでもいけないのである。要はただ、悪口を言う人と言われる人の姿勢が違う、というだけのことなのである。

66 男でも女でも、かっとなる人は弱い人である

男でも女でも、かっとなる人はまず弱い人である。かっとなった時に人間は攻撃的になり、あたかも強者の如く見える。しかしそれはヒステリー以外の何ものでもない。弱い人間は正視し、調べ、分析するのを恐れる。自分自身もその対象にされて分析されるのを恐れるからである。

しかし本当に強ければ、怒る前にまず対象に関する冷静なデータを集め始める。その対象が好きか嫌いか、などということはずっとずっと後のことでいい。好くにも嫌うにも、認めるにも拒否するにも、まず知ることなのだ。

67 本当に強い人とは、怖さに耐える人のことである

私から見て、女らしいという特徴には、次のような形をとることが多い。それは、「私には××ができないのよ」か「××なんて怖い」という表現である。

怖いということが女だから認められると思っているようでは、どんなに男女同権を叫んでも、それは定着しないであろう。男女共に人間は怖いものだらけなのである。強い人というものは、多分怖さを感じない人のことを指すのではない。怖さに耐える人のことを言うのである。

68

弱い人は、相手の中に良さと悪さを同時に見出すことを恐れる

国家であろうと組織であろうと個人であろうと、徹頭徹尾悪かったり、一点非のうちどころもないくらいよかったりするということはないのである。

たとえば、イスラエルと、パレスチナの問題にせよ、どちらかが完全によくて、反対が全く悪い、ということはない。どちらにももっともな点と、そ

うとは決して思えない点とがないまぜになっている。

個人もそうである。一人の人間の中に、偉大なところと、卑怯なところと、やさしさと、鈍感さが、共存しているのが普通である。ところが弱い人は、相手の中に良さと悪さとを同時に見出すことが怖い。良い人だけれど、悪いところもあるなどと思ったら、その人の人格に傷をつけてしまうように思い、悪い人の中に、小さな良き点を見つけるのは、悪人を承認することだと思ったりする。

69 自殺志願者は謙虚でない

自殺志願者の一番いやらしいところは、謙虚でないことである。何十年か経たったら死ねるのに、今すぐ自分の手で生命を絶つ、という。初めから社会は不備だということはわかっているのに、そのような社会には自分はいられないという。

この世には、生きたくてたまらないのに、生きる望みもなく病院で死を待っている人たちがいつもいる。その人たちは、自殺者の話を聞いたら何と思うだろうかということも考えない。

自殺することが文学的であったりすることは全くない。心身の病気で苦しくて生きていけなかった文学者の死もある。私はそのような先輩に対しては、心からの親しみさえ覚える。

しかし自分の人生を自分の手で規制しようとして自殺するようなしょった人間の眼が、冷静に、芸術的に、広く、強く開いているはずはないと、私は内心思っている。自殺はいい気なものである。

70 自分の運命や一生は自分で決める

よく、小さい時、「自分のことは自分でするのよ」と母に言われた。私は依頼心の強い子だったので、あれは母が私の面倒を見てくれるのをサボる口実だろう、などとかんぐったものである。

しかし今思うと、これは人間の根本的な尊厳に関係のある言葉であったのだ。もちろんわが母は、日本中にどこにでもいるような素朴な母だから、この言葉を一種の慣用句として使っただけだろうと思う。しかしこれは永遠の基本的な態度を示しているのである。

自分の大切な運命の岐路を、見ず知らずの、たとえば私のような人間に相談してくる人がいる。これは全く自立していないという証拠である。大体において、身上相談の好きなのは女の方だが、この頃は、大の男、一流の教育を受けた人にもいる。

誰が他人の一生を決められるだろうか。夫婦、親子の関係ですら、そうである。手を貸すことはできるが、決めることはできない。

71　人間社会の負けいくさに耐える

何事にも我慢のできない人がいる。

この頃世間も親も、この世は清く明るく正しいものだ、いや、そうあるべきものだ、などと教えるから、若い人びとは、そうならないのは社会が悪い、こんな悪い社会に生きていたって絶望的だから、死んだ方がましだ、と思ったりする。

この人間社会の原型は、闘争にある。これは致し方のないことである。生きていくことの中には、お互いがお互いを手助けする部分が、この文明社会では非常に多くなっているが、しかしそれでもなお、まだ闘争の要素が残っていないことはない。私たちは、戦うということの辛(つら)さと、その後味の悪さにも耐えなければならない。多くの戦いは、負けいくさに決まっている。他人から憎しみを受ければ、誰もいい気持ちはしない。

それらのことに、しかし私たちはそれぞれに耐えるのである。上手に耐える人もいる。下手に耐える人もいる。しかし要するに耐えればいいのである。

72

物事を変えるには「待つ」ことも必要である

物事を改変するには、おもしろいことに必ずある程度の時間がかかる。その時間は、一見無駄なように思えるが、決してそうではない。もし或る人間が或る状況を良くしようと思うなら、その人はこの時間に対して逆らわずに待つということができなければ、その資格に欠けるのである。

若い頃、待つということは、私にとっても妥協に思えた。右顧左眄（うこさべん）して、当事者の心を忖度（そんたく）しすぎているようでは、何の改革もできないと思っていた。それは勇気に欠けるようにも見えたのである。

しかし大ていの人間は、急速な変化を好みもしないし、また事実、心理的にも肉体的にもそれについていけないのである。パレスチナ・ゲリラの行動が、かりにどんなに理想を踏まえたものであっても、人を誘拐したり殺したりするというやり方には、ほとんどの人がついて行けない。

73 鈍才は粘って成功を勝ち取る

時々私は、どうしてこのような鈍感な人が、このような責任のある地位に就いていられるのか、不思議に思うこともある。しかしその人がなぜそこまで出世できたかというと、それは、彼が眼から鼻へ抜けるような秀才ではなかったせいなのである。

秀才は第一、他人から、尊敬されもするが、嫌われもする。また、秀才自身、よく物事が見抜けるために、《こんなことをしたってだめだ》とか《こんな連中と一蓮托生（いちれんたくしょう）したくない》とか考えて、もう少し粘れば何とかなったかも知れないものを、さっさと諦めたりする。

「石の上にも三年」というのは、鈍才が力を発揮するということが、昔から人びとにわかっていた証拠である。鈍才は将来が見えないから、そのことにしがみついてじっとしている。そして世の中の多くの仕事は、「わかってやる」という形をとらずに、「わからないでやっている」ものなのである。

74 豪胆(ごうたん)な人間は、秀才が なし得ないところに「出番」がある

私は最近になって、やっと、秀才というものは、多くの場合気が小さいものだ、ということを知るようになった。秀才の小心さが、世の中のロスを最小限にくいとめ、暴走を防ぐ。

しかし私はこの頃、自分はもしかしたら気が小さくはないのではないか、と思うようになった。私は旅をしていても、予想される危険に対して、心が縮み上がるということが、少ないように思い始めたのである。その豪胆さは多分、私が秀才でないからなのである。地球が秀才ばかりだったら、何事もなし得ないだろう。そこに私のように秀才でないが故(ゆえ)の豪胆な人間の「出番」もあるのかも知れない。

75 好奇心は動物と人間の生命の源である

好奇心と呼ばれる情熱は、非常に素朴な原始的なものである。好奇心は「何だろう」ということである。「知らないから見てみたい」と言ってもい い。いずれにせよ、そこで明らかなのは、その人がそのことが何であるかを知らないこと、でき得れば知りたいと考えていること、この二点である。

知りたいと思う気持ちは、動物と人間の生命の源である。知りたい、という欲求がないと、外敵を防ぐこともできず、餌を見つけることもできない。実は好奇心ほど、何かを知るために願わしいエネルギーはない。文明社会に生きるべく運命づけられた私たちは、素朴な「何だろう」「どうなってるんだろう」という質問を忘れて、数多くの先入観を持たされている。

76 好奇心のない人は、ありのままの現実を見る力に欠ける

好奇心のない人、というのは、ありのままの現実を見る力に欠ける人、ということになる。たとえどんなに学問芸術の道で専門家になろうとも、外部からの刺激を受け入れなくなった状態では、その人の才能はすぐに枯渇(こかつ)するであろう。

そういう意味で美しい風景の中に城を築き、外界の愚劣さを避けた芸術家的生活などというものは、芸術にとって最悪のコンディションということになりかねない。

77
何でも食べられることは、知的好奇心の肉体的表現である

何でも食べられる、ということは、知的好奇心の肉体的表現のようだ。箸をつける前に尻ごみしたり、一口食べて「気味が悪い」と言ったりする人は、一種の外界拒否を行っているのだから、そういう人は伸びる余地があまりないのかも知れない。

78 先入観は精神の老化である

カタツムリは気味悪い。ニンニクは臭い。スッポンの生き血は生臭い。これらは本当でもあり、嘘でもある。そう思えばそうだし、そうでないと思えば何でもないのである。

先入観は精神の老化である。それは年よりの行動を見ているとよくわかる。年よりは物ごとを何でも決めてかかる。自分が里芋の煮つけを昔から食べていれば、あの手の芋はすべて里芋だと思う。これは新しくできた芋の種類だと言っても受け入れない。

79 好奇心の欠如は、一種の才能の欠如である

好奇心の欠如は、決して罪悪ではない。むしろそれは穏やかな常識的な市民、従わせるのに便利な人間を作る。しかしもし、自分は自分で決めた日常生活以外あまり興味がない、という人がいたら、それは一種の才能の欠如か、病気または異常に早い精神の老化だと思ってもいいかも知れない。

「私は何にも興味は持てません。何もおもしろくありません。誰にも関心がありません」

という訴えを聞くと、生来、いじわる婆アの私は「カッテニシロ」と思いたくなる。「この世にはわからないことばかりの癖に」と悪態もつきたくなる。

80 何かを勉強する原動力は好奇心から発している

私たち日本人は少なくとも、万巻の書を、読もうと思えば読むことができる。金がなくても本は図書館ででも読める。世界情勢は日々刻々変わり、科学もその原理を応用した機械も日進月歩の進歩をとげている。われわれは走っても追いつかない。勉強し続けても間に合わない。好奇心がなくてどうして人間であり得よう。銀行強盗をするにも、金融サギをするにも、すべて勉強あるのみ！

そして勉強の原動力は、好奇心と名づけられた、自然な人間の姿勢から発している。

本物の「大人」になるヒント……………Ⅴ

仕事に対する考え方

81 職業に満足するコツ——小さく守って充実させる

日本人は他の多くの国に比べて、青年たちが自分の職業を自由に選択できる方途を持ちながら、多くの当事者たちはそのことに納得もしていなければ満足もしていない、という奇妙な国である。

どうしてそのようなことになるのだろう。

一つには、私は日本人は、自分の人生に夢を描きすぎるのだと思う。「青年よ、大志を抱け」というのは悪くないが、大風呂敷を拡げすぎれば満たされない不満ばかりが残る。どんな学者も、芸術家も、実業家も、一生にできる仕事の量は限られている。小さく守って、そこを充実させることの方が私は好きである。

82 職業に満足するコツ二――他人の評価によらない

二番目には、日本人は、宗教を持たないからだろう、と思われる。パン屋の職人は、一生おいしいパンを焼き続けて、人びとに、実に多くのしあわせを与える。そのことを感謝し評価する人があろうがなかろうが、神の存在を信じていられれば、その人は、胸を張って死ぬことができる。しかし神の存在のない人にとっては、パン屋より、大臣になるほうが、はるかに体裁よく、虚栄心を満足させられる、ということになるのである。

つまり、日本人の人生や職業に対する評価は、自分が満たされるかどうかより、他人がそれをどう思うかで決められる場合が多いから、一向に自足しないのである。

83 職業は自分が好きでなければならない

職業は好きでなければならない。これが唯一、最大、第一にして最後の条件である。学問も職業も、何が好きかわからないという人は、それだけで自分には才能がない、と思いあきらめるべきである。だから秀才ではあっても、才能がないという人はあり得るのであり、頭は切れなくても、才能はある、という人もいるはずなのである。

職業が好きでなければならない理由をこれからあげることにする。

非常に素朴な理由としては、一生たずさわるのだから、それが好きか嫌いかでは、幸福の度合いがひどく違う。嫌いなことを一生やらされるのはかなわない、のである。

一般的に見て、人間は好きなことしかしたくない。好きなものなら食がすすみ、嫌いなものはちょっぴりしか口にできないのと同じで、好きな仕事だったら、自然にうち込む。覚えも早く、楽に熟練できる。しかし嫌いな仕事だったら覚えは遅くなり、従って必要以上に、その人の能力は低く評価される。これでは、幾ら給料をもらっても、引き合うものではない。

84 仕事は道楽にならなければならない

「仕事が道楽にならなければいけない」と言うと、「それは経済的に余裕のある人の言うことでしょう」などと月並みな返事が返ってくることがあって、私はうんざりする。そうではないのである。仕事が道楽になった時、初めて、その人はその道で第一人者に近くなれるのである。

道楽は、初めから楽をすることではない。総て(すべ)の道楽は(たとえば盆栽一つをとってみても)苦労がないことはないのだが、その苦労を楽しみと感じられるように変質させ得るのが、道楽なのである。

今は道楽の精神どころか、自分の専門分野さえ知らなくて済むなら、覚えないで済ませたい、と思う時代である。しかしお気の毒なことに、道楽の精神がないと、仕事に関する苦労がいつまでたっても楽しみにならない。かくてその人は永遠に生活のために、自分のいやなことを働き続け、精神の奴隷のような生涯を送ることになってしまう。

何のために学問をするかといったら、就職に便利なような卒業免状をもらうためではない。私のように、ほかに得手がなかったために、小学校六年生から、現在のような仕事をしたいと思うようなのは稀であろう。ほかの人たちはもう少し円満な才能を持ち、少なくとも二つ以上の可能性を持つから悩むのである。その中で、ゆっくりと道楽になり得るものを持つことが、学問をすることのよさなのである。

85

社会における闘いは、本業を完(まっと)うする線上にある

道楽というのは、道を解して自ら楽しむことに発している、と言われるが、私に言わせれば、道を楽(らく)にするから道楽なのである。道楽にならないうちは、道は楽にならない、と解した方がいい。

その意味で、私はストライキというものが、実感としてはわからない。もちろん闘争の方法としてはわかるのだが、作家が小説を書かなくなったら、それは作家ではない。

書いてこそ作家であり、教えていてこそ教師であり、学んでいてこそ学生である。ストライキは、その本職を停止する。書かない作家は作家でなく、教えない教師は教師ではなく、学ばない学生は学生でないのである。

社会のひずみを正し、侵されている権利を外部に伝えることは大賛成である。しかし、それは本職を停止してやるべきことではなく、本職を通して働きかけることなのである。

作家として闘う場合、我々はペンを通してしかあり得ない。闘う方法はむしろ、本業を完うする線上にあるはずである。それも道楽の一つと、私は考えている。

86 仕事の成功・不成功を分けるもの ——サービス精神

その第一は、言われたことだけしか、やらないことである。言われたことさえもやらない人もこの頃では多いから、言われたことだけやっているのはまだいい方だが、「気は心」とでも言うべきサービス精神がない人は、まず成功しないのである。

親のもとにいられない子供を預かって、何年も立派な仕事をしてこられた方の一人に、堀内キンさんという方がおられた。その方は福音寮という施設の設立者なのだが、いつか私の海の家に訪ねて来られたことがあった。喋り（しゃべり）ながら庭に出ると堀内さんは、すぐしゃがんで芝の間の草取りを始められた。

私が恐縮して、「どうぞおやめ下さい」と言うと「お喋りは草を取りながらでもできます。草取りは、草を取るだけではありません。心がきれいになります」と言われたのを覚えている。

87 仕事の成功・不成功を分けるもの 二——楽をして仕事をする

第二に成功しない法、というのは、楽をして仕事をしよう、そういうことが可能だと思うことである。

或る人はサラリーマン生活にあきあきし、自分の店を持って商売をしたいと思う。

「喫茶店などどうかと思いましてね、幸いに中央線の沿線に手頃な店があったので、そこを買って、知人の青年にやらしているんですがね」

「やらしてる？　あなたは店にいらっしゃらないんですか」

「三日に一度は顔出してましたがね。どういうわけか客が入らんのです」

私は彼の店を見たわけではないから黙っていたが、当たり前だろう、と思った。店のオヤジになる以上、最低限、彼は常に現場にいなければいけないのである。そして、従業員が怠けていないか、カップに口紅のあとが残っているような洗い方をしていないか、客が立ったあと間髪を入れずにテーブルの上を片づけているか、余計な場所に電灯がつけっ放ししてないか、いつも見ていなければならない。

よく学校へなど行かずに、コックの修業をして店を持ちたいという人がいる。私はそういう個性的な考えに大賛成だが、自分の店を持ったが最後、一生、一日たりとも店から離れない、というくらいの決心がないとだめだろう。なぜなら、店主が料理の腕を持っている場合、店主が一日でもいなかったら味が落ちる。味の悪い日に来た客は、もう二度と来ない、という道理になるからだ。

88 仕事の成功・不成功を分けるもの 三――

「続かない」性格

第三の「成功しない法」は、続かない、という性格をなおさないことである。人生の成功のヒケツは、頭がいいことでもない、学歴でもない、器量でもない。むしろウン、ドン、コン（運・鈍・根）なのである。

語学などを習う時、私たちは、「あの人は才能があるけど自分はダメだ」

というような言い方をして、自分が上達しないことの正当性を見出そうとする。確かに、才能に相当するものがなくはない。それは、いかに恥知らずに、下手くそな外国語を喋れるか、という精神の姿勢にかかっている。語学のうまい人は皆図々しい。

しかしそれ以外のことで言うと、語学は、「その外国語に接していた時間に比例して、できるようになる」のだそうである。「アメリカ人の子は、小さい子供だって英語喋りますもの」というのは、アメリカ人の子は朝起きてから寝るまで、日々十数時間、英語に接しているからなのである。つまり語学の上達は、一つことが続くか続かないか、にその成否がかかっている。

89

仕事の成功・不成功を分けるもの 四──
一人でできるか

どんなに年が若くとも、何かしようと思ったら、一人でできなくてはいけない。女の子などは、映画に行くにもトイレに行くにも、誰かと連れ立って行くが、その癖は一刻も早くやめて、一人であらゆる不安や危険をおしのけて、やれる癖をつけるべきである。

考えてみると、世の中の重大なことはすべて一人でしなければならないのである。生まれること、死ぬこと、就職、結婚。親や先輩に相談することもいい。しかしどの親もどの先輩も、決定的なことは何一つ言えないはずである。

すべてのことは自分で決定し、その結果はよかろうと悪かろうと、一人で胸を張って引き受けるほかはない。本当に学ぶのは一人である。良き師に会い大きな感化を受けることはよくあるが、それも自らが、学ぶ気持ちがない限りどうにもならない。

90 仕事の成功・不成功を分けるもの 五――自分に甘い

最後の「成功しない法」は、これくらい許されるだろう、と折にふれて考えることである。日曜日に麻雀をしすぎて遅くなった。月曜日の朝、「今日くらいは遅くなっても、何とかなるだろう」と考える人がいる。月曜の朝というものは誰にとっても辛いものである。

月曜の朝が辛いほど、日曜に麻雀をしてはいけないのである。いや麻雀を楽しみすぎたら、月曜日は我慢しなければいけない。眠いのを我慢するのがいやだったら、日曜日の麻雀を切り上げるほかはない。端っこの、小さな部分だから、と言って、いい加減な仕事をしておいても、すぐには結果には現れないかも知れない。

しかしこれくらいなら大丈夫だろう、というのは、城の石垣の隅石の一つを抜きとるようなものである。その日は何でもなくても、次第にくずれるか、長雨でも降れば倒壊する。

自分に厳しくあれば、必ず或る程度成功するのだから、不成功に終わりたかったら、自分に甘くすればいいのである。

91 組織に対して自分の美学をおしつけることはない

いささか逆説めくが、自分の勤めている会社や、自分の行っている学校や、知人の家庭などを、それほど愛することはない、と私は思っている。つまり愛という名の下に、自分の美学をおしつけることはないのである。我々は、もっと冷酷になるべきである。組織に対する愛は、自分の小さなポジションの限界をはっきりと知り、まずそれを完全に果たす、ということで、初めのうちは充分なのだ。この冷酷さを守れる人だけが、将来そのような冷たさを捨てて、大局を捉（とら）えてその組織を良くすることに力を貸せるのである。まず足下を固めよ、ということである。どんなに小さくとも、自分の専門職を完全に果たし、その分野で有能な人間として社会に評価されてこそ、その次の段階に進み得る。

92 仕事には、自発的なものと強制的なものがある

勤めというものは、所詮（しょせん）、時間の切り売りで、できるだけロスをしないように拘束された時間だけを過ごせばいいと考える気持ちは、私にもわからなくはない。しかし、仕事というもののおもしろさは、時間の切り売りをしている限りは、決して味わうことができない。

同じ仕事という日本語を使うから混乱をきたすのであって、仕事には本来、二種類の違ったものが区別されるべきである。即（すなわ）ち、自発的な仕事と強制的にさせられる仕事である。やさしい言葉で言えば、興味をもってする仕事と嫌々させられる仕事である。

93 仕事は、あらゆる情熱を注ぎ込まなければ成り立たない

正直なところ、およそ仕事と名のつくもので、初めから終わりまで楽しいというものなどこの世に無いのではなかろうか。しかしそれと同様に、おもしろさの全く無いという仕事も、これまた探すと珍しいのである。

仕事は第一日目ほど辛(つら)い。しだいにおもしろくなり、飽きもくる。迷いもくるが、おもしろみも増してくる。そんなものである。もし或る人がその仕事に何一つとしておもしろみを感じられないということであったら、それは仕事も悪いのかもしれないが、その人の性格が仕事に向いていないのである。

外から強制されるのは賛成できないが、仕事というのは、本来あらゆる情熱を注ぎ込まねば成り立ち得ないものだと思う。

94
仕事の山場にさしかかった時、その人の打ち込みようがわかる

仕事が或る山場にさしかかった時に、その人が本当に人間として見事にその仕事に打ち込んでいるかどうかがわかる。もし仕事に緊急事態が発生したら、一日や二日飲まず食わずで働くだけの決意があるか無いかが、その人の能力の限界を示すであろう。人間、二、三日食べやしなくたって死にゃしないというのが、実感なのだが、そう思えないほど自分を過保護にしている人には、どのような良い状態が与えられても、決してこの世で心から何かに打ち込むということはできないであろう。

95

冷酷さと情熱、この矛盾する生き方を操(あやつ)ればみごとである

組織のからくりを冷静に見て、一個の車輪にすぎぬ自分から逸脱せぬことと、一朝(いっちょう)事ある時には飲まず食わずで身を挺する覚悟とは、車の車輪とエンジンの関係のようなものである。車輪は飽くまで端正に、他との調和を考えるという限度を守ることができなければ、車は真っすぐ走れない。

しかしその背後には、単なる二つの車輪であればいいという人まかせの姿

勢があってはいけない。自分の人生を走らせるものは、国家権力でもなく、自分を雇っている会社でもない。そんなことを許してはいけないエネルギー源はたった一つ自分の情熱なのである。しかし人間が単純であると、車輪だけになるか、車輪もないエンジンだけになりたがるか、どちらかになってしまう。

対外的テクニックとしては冷酷に、分を過ぎたことをせず、内面的には情熱的に自分に与えられた仕事を深くきわめていこうとする。この一見矛盾する生き方を二つながら操れれば、その人はみごとというほかはない。

96 職場では、女は女の特権を放棄しなくてはいけない

ごく一般的に、男女が平等に働こうとするなら、女も特権は放棄しなくてはならない。お化粧なおしに時間をとったり、洋服が汚れるからできないという仕事があったりしてはならない。

男の多くは、女にもてたいと思っていると同時に、女がオッカナクテ仕方ないのもまた、本当なのである。なぜなら女に惚れられると、どんな恐ろしい目にあうか知れない。泣き出されたり、つきまとわれたり、上司に私生活の部分を訴えられたり、ついには、結婚させられたりする。それどころか、まずくすると殺されることだってあるのである。

97 男女の間に「同志愛」が生まれれば、共同作業はうまくいく

男女の共同作業の中で、女に必要なのは、私の体験からすると、むしろべとべとした女らしさを捨てて、男と同じように働こうと思うことであった。男の中にも、能力差は厳然として存在するのだから（優劣ではない。仕事の向き、という意味である）女が男と全く同じようにできないからと言って、それほど大きな非難を受けることはない。するとやがて、お互いに冗談に悪口が言い合えるような「同志愛」が生まれてくる。普段は、ひどい言葉で言い合いながら、時々、きっちり改まって礼儀正しく礼を言い、いたわるというけじめさえつければ、かなり親しさまぎれに行儀の悪い言葉を口にしても、その毒は打ち消され、その人との関係に爽やかな風通しと、明るい日射しがさし込むことは本当なのである。

98 決まった仕事がない状態で、精神を健全に保つことは難しい

職業につかずに暮らせる人は、きわめて少ない。

私が男で、少し金があって、妻と二人で遊んで暮らせるのだったら、私はむしろすぐ、家庭生活を壊してしまうと思う。決まってしなければならぬ仕事がない状態の中で、精神を健全に保つことは、われわれ日本人には至難の業である。

つまりわれわれ普通の人間は、なにがしかの仕事をしているのが常態なのである。そして人生の大半を過ごす、「仕事をする人間」の時代が、納得いくものかどうかによって、その人の一生の成功か不成功かは決まってくるといえる。

本物の「大人」になるヒント………VI

選択と責任

99 「ついていないこと」の原因は、しばしば不用心にある

「本当に、ついてないんです」

或る時、或る青年が私にぼやいた。

「友達に車貸したら、事故起こしちゃってね」

「人身事故ですか」

「いや、よその車にぶつけちゃったんです。その友達は今、無一文に近いもんで、とうてい弁償できないって言うし、車の持ち主の僕に弁償責任があるって言うんだけど、僕は対物の任意保険にも入ってないし……」

こういうのを、ついていない、とは言わないのである。これはれっきとして、不用心のために起こった結果である。

100 何かを手に入れようとすれば代価がいる

多くの場合、人間は手に入れようとするものの代価を払わねばならない。健康には節制を、金もうけには努力を、遊びにも労力と金がいる。もちろん世の中には、食事毎に歯をみがいていても、三十代で総入れ歯になる人と、歯なんか手入れしなくても丈夫だという人がいる。

しかし、私の見る限り、金もうけは——いかなる手段と方法で達成しようとも、それなりにすさまじい努力がいるように見える。何もしないで金が入ることは、非常に稀である。

101 金はあってもなくても人間を縛る

特別に偉大な人間でない限り、金はあってもなくても人間を縛る。金のありすぎる人は、金の管理に多大の時間と心理と労力を割かねばならないであろう。と同時に、金がなさすぎると、僅かな心理も増幅して感じるようになる。相手としては返すのを忘れただけなのだが、そのことが自分をバカにしているように思われたり、不当なウラミになったりする。

金が人間の心を救わない、というのは、決して「貧乏人」を宥めるための「金持ち」の論理ではないのである。

人間は、金がないことによっても心が歪むが、同時にありすぎることによっても歪む。金持ちが不幸になるケースは、聖書にでも出てきそうな、教訓用のつくり話ではなく、実際に多いのである。もしあの家にもう少し金がなければ、あの人はあれほど退屈に苦しむこともないし、小さなことにくよくよと悩むこともなく、病気さえよくなってしまうのではないかと思うことは多い。

102 金は少しあった方が、金から解放される

金は、使うも使わないも、必要性にかかっている。だから使わなくても済むものなら、使わない方が人生は軽やかだし、いるものなら、ないと制約される。金が少しあった方がいいのは、人間が金から解放されるためなのであって、金に仕えるためではない。だから、ありすぎると、人間にはそれが重荷になるのも道理なのである。

私ぐらいの年にならなければ、ありすぎても不幸、ないのもいけない、などと言う気にはならないと思う。

103

金は友人の間で原則として貸し借りするものではない

私は、金の貸し借りは、原則としてしない。財布を忘れてきて、電車賃だけ貸して下さい、というような借金は別として、個人から借りなければならないようなことならすることを諦めてしまうつもりである。そして他人から金を貸してくれ、と言われた時、私は貸すことはせず、あげることにしている。それを先方が借金と一方的に解釈して、返してもらったことは何回かあるが、私の方ではそのつもりはなかった。私は返してもらえるつもりの金を貸して返してもらえない時、そのことで友情に傷つくことが怖いのである。だから私は、お金は知人にしかあげない。

104 酒を飲んで自分を失うことは、一生に一度でも許されない

酒を飲んで自分を失うことは、たとえ一生に一度でも、私はいけないと思う。病気と眠っている時以外に自分が何をしたかわからない瞬間などというものが、人間にあっていいわけはない。

私たちはそうでなくても、自分を失う時がある。恐怖や驚愕（きょうがく）、外的に怪（け）

我をした場合、など、私たちはどんなに理性的であろうと思っても、そんな気持ちが全く役に立たなくなる瞬間があることを知っている。だから、酒を飲んだくらいで、人間を放棄してはいけない。

自分が知らない自分の行為くらい恐ろしいものはない。私の知人は、酒を飲んでレールの上に寝て、片手片脚の一部を失った。この人は能力も気力もある人で、それだけの大きな犠牲を払ったにも拘わらず、酒を断つこともなく、その体で人並み以上に泳ぎ、スキーをし、という豪傑だが、こういう人物を標準において我々は物を考えることはできない。

105

自分を失うと意識下の世界が露呈する

極端に言えば、自分を失った時、我々は何をしでかすかわからない。私はずいぶんいい年になってから心理学の本を読み漁(あさ)り、人間の心には意識下というものがあって、そこに自分の気づかない、さまざまな心理的エネルギーが貯(たくわ)えられているのだ、と知らされた。

私はそれを我が家の台所の外にあるギャベージ缶のようなものかと想像し

た。もちろん、そのような臭い、汚いものの存在があることを、私は知ってはいるが、それは存在することを考えて楽しい、というものではなかった。むしろことさらに他人に見せなくてもいいものであった。

しかし酒を飲むと、人は多かれ少なかれ、その心理のギャベージ缶を、わざわざ持ち出して見せるような行為をする。心理のギャベージ缶がないような顔をし続けることはもちろん虚偽的だし、私の趣味でもない。

ただこのギャベージ缶はむしろ大切なものだから、そうそう無作為に、人にご披露していいものだろうか、と私は思うのである。

106

酒は飲み方ひとつで、人生の救いにも、人間を荒らすことにもなる

酒を飲むことは一向に構わないが、酒を飲んで人格に極度の変化を来す、ということは、その人の精神の歯どめが欠けていることを示すものだろう。それはつい、かっとなって何の関係もない通りすがりの人を殺しました、というのと、本質的には違わない。どちらも、ついうっかりして、そこに自己

が不在になっている状態に至っているのである。

一生に一回や二回ならいい、ということではない。一生に一度くらいなら、人殺ししたっていいじゃありませんか、という理論がなり立たないように、自分でありながら、自分を失うということは、やはり一回たりともあってはならないものだ、と私は思っている。

しかし、酒を飲んで、話がおもしろくなる人はいくらでもいる。悪い環境で働く時にも、酒は人びとの心を鎮めるために不可欠のものである。酒が人生の救いになるか、人間を荒らすかは、飲み方ひとつである。

107 勝負事は人生の時間の浪費に近い

勝負事は人間に架空の人生を生きているような錯覚を与えるのであろう。自分の手許に入って来る運命の変化は、実人生よりずっと早いテンポで行われるので、いっとき私たちは現実の生を忘れられるのである。

しかし、勝負事が、勉強時間のさまたげになることもまた明らかである。

それは大体において後に何かが残って生きるという時間ではない。

もちろん麻雀で知り合った友人ができるということも、ないではないが、それはごく稀なことで、やはり勝負事は、人生の持ち時間の切り売り、というより浪費に近い。浪費は決して悪いこととは言い切れないが、少なくとも、時間の浪費は読書と考え事の時間を奪う。

それはもう仕事を終わった老年にとってはいいが、若い人びとのすることではない、と私は考えている。

108

酒も金も賭け事も「溺れる」には凡庸すぎる

勝負というものはおもしろいもので、負けがこんできても、勝ち続けていてもやめられない。私は時々、パチンコをするが、玉が二十個くらいのところでやめて出てくるという気にはなったことがない。

人間は戦争も不幸も嫌いで、平穏な毎日が好きだと言うが、玉二十個のところでやめられない、というところを見ると、本当は違うのではないか、という気さえしてくる。つまり私もまた、徹底的に勝つか、やぶれかぶれになって何もかもなくすかのどちらかが好きなのだ。

酒も、金も、賭け事も、重大だが、しょせんは人生の本質ではない、と思わざるを得ない。それらは蔑（あなど）ってはいけない要素だが、かと言って、それに「溺れる」のはあまりにも凡庸すぎる。

私は自分の「魂を売る」時は、もう少し違ったものに売り渡そうと考えている。

109 疑うことは高度な精神の姿勢である

教育は、私たちに、反射的に疑う精神をも植えつける。「出稼ぎの悲劇」と新聞に書いてあったら、「本当に出稼ぎは悲劇なのか？」と反射的に思うべきである。「解放軍」が人びとを解放していなかったり、「鬼のような母親」が実は知恵おくれだったりする。公害反対運動に参加していた一人の公害病患者が、同じ症状を以前には原爆の結果だと申請していた例もあった。だからと言って公害病患者はれっきとしているのである。

疑うということは、私は高度な精神の抵抗の姿勢だと思う。私たちは自分の目に入るすべてのことを、すべて疑うべきである。その勇敢な疑念に一度かけられたものだけが、初めて信じられる光栄を与えられるのである。

110 情報に対しては、どれほどにも疑い深くなるべきである

私たちは情報については、どれほどにも疑い深くならなければならない。私自身、おもしろい噂をさんざん立てられた。自分についての情報がこれくらいデタラメなのだから、他人の噂も同じ程度におかしいのだろうと考えて、私はゴシップを全くといっていいほど信じないことにしている。誰も或る人間がなぜそのように生きたか、なぜそんな死に方をしたのかわかることはできない。しかし、そのような他人の眼、他人の噂に、がっちりと自分の進むべき道をおさえられている人もまた、実に多いのである。自分を生かすために、血を流して自分を解放できる人はなかなかいない。しかしそれをしなければ、私はこの世に生きて存在しなかったことに等しいのだ、と私はいつも自分に言い聞かせている。

111 人間にも国家にも完璧はない

多くの人びとが外国を見ることはできない。私は幸運にも、百二十カ国あまりの世界中の国を覗いた。そして、いつも思うのである。日本はありがたいことに、世界的に有数ないい国だと。どうしてこんなにうまくやれてきたのかわからないくらいである。

人間にも、国家にも完璧ということはない。日本にも失敗はあるが、それは大きなものではない。もし日本がそれほど悪い国だと言うなら、私は、そういう人びとは日本にいて日本の悪口を言わずに日本から出て行くべきだと思う。そしてその人がいいと思う外国に住む方が自然である。

それが自由と責任を持つ人間のすることだし、またできることなのである。

112　人さまに、ご迷惑をおかけしない

他人に迷惑をかけないように暮らすことは、昔から誰にとってもたしなみであった。「人さまに、ご迷惑をおかけしちゃいけない」と親たちは言い、電車に乗れば子供が泥靴を人になすりつけないか、我が家の門の前はちゃんと掃いてあるか、自分の家は醜悪な洗濯物が、他家の眼にふれないようにしているかに気を配った。今は、「人さまにご迷惑をおかけしない」などということを言うと、まず若い人が笑う。「そんなことといちいち言っていられる時代じゃないよ」「こっちには、する権利があるんだから」。公害を防ぐ根本精神は、しかし、昔も今も一つだけである。それは、「人さまにご迷惑をおかけしない」ということなのである。それを笑っていたら、公害はいつまでもなくならないだろう。

113 同情が問題の解決を遅らせることもある

いつの間にか、私たちは、親切な人間がいい、と考えるようになった。もちろん、その原則は今も変わらない。他人が困っているのを見捨てるよりは、救う方が美しいに決まっているからである。しかし善意だけあれば、それで世の中は通ると考えたら、それはまた大きなまちがいなのである。善意の半分くらいは確かに人を救うが、残りの半分は迷惑をかけるのである。その一つのタイプに情の厚い人間がいる。そのような心根の人は、すぐ他人に同情する。

同情して手を貸す。このことじたいは決して悪いことではない。しかしこのような手の貸し方が、ことの本質を少しもはっきりさせず、そのことを自ら解決しなければいけない当事者に甘える気分を起こさせることも本当なのである。

114

最終的に何を選ぶかは、その人の責任である

私は今までにどれだけ自分の失敗を他人のせいにする、弱い人間に会ってきたか知れない。あの時誰かがこうしたから（或いはこうしなかったから）自分は失敗したのだ、という癖の持ち主は、まずそこから自分を改造しなければ一人前にならない。

今の日本のような自由な国において、常に最終的に何かを選んだのはその人の責任においてである。

115 旅は人生に似ている

外国へ旅をするとなると、人間はいわば檻（おり）の中に入れられたような状態になる。そして、潜在的に持っていた問題があらゆる形で吹き出してくる。旅というものは、そういう意味で人生の縮図になるのである。

旅というものは、あらゆる意味で人生に似ている。第一にそれは楽しいものだろうと期待していると、不愉快なことばかり目立つものである。その代わりさぞかし大変だろう、と思っていると意外と楽しいこともある。

旅は本質的に楽なものではない。なぜなら自分の馴れている環境が変わるので、それに対しては自分の肉体も精神も、全力をあげて拒否する面がある。

116　旅に出る前に自分の弱点を知っておく

疲労するとどうなるか。人間は弱い点が、最もあらわに押し出されてくる。この現象は何も旅行ばかりではない。一朝（いっちょう）事が起きて、「逆境」に追い込まれると、私は少なくとも、普段にも増して浅ましくなる。

旅というものは、自分にそのような弱点があると重々知って出かけるべきものである（人生の旅もまた！）。このからくりがわかっていないと、同行者を根本のところから否定して、旅行先でちょっとした対立があったくらいのことで、相手の人格までを否定したりするようなことになる。

117 旅の心得一——「予期せざる不都合」に耐える

第一は、先にふれたように、旅は旅なのであって、自分の家とは違うのだ、という覚悟をはっきり持って出かけることである。これは簡単なようだが、この原則を意識しない人は意外と多い。部屋が暑（寒）過ぎる。トイレの流れが悪い。ベッドのマットレスが平らでない。掃除が悪い。汚い皿を持って来た。朝のお茶がぬるい。相部屋の人がイビキをかく。料理がまずい。言い出したらキリがない。団体で外国へ行く場合、これらの「予期せざる不都合」は、或る程度は予防し得るが、或る部分はとうてい防ぎきれない。いちじるしく費用の安い旅をすれば、宿の悪いのも致し方ない。しかし高価なものを選んでも必ずしもすべてが気持ちよくいくとは限らないのが旅である。

118 旅の心得二――一人の時間を作る

第二に、旅の間に、一人でいる時間を作ることである。外国へ出ると、外界がすべて恐怖の対象になり、片時も誰かと一緒でないと困るという人がいる。これは相手をひどく疲れさせてしまう。旅に出ようが家にいようが、人間は個人としてやっていけないのではどうにもならない。

これは私の知人の体験だが、或る心の優しい女の人と同室になった。彼女は何でも、私の知人と一緒にしたがった。買い物をする時でも、「あなた、どうなさる？　あなたが買うなら、私も買うわ」という調子だった。

文句を言うべき筋合いではない。相手は信頼し、心を許してくれているのである。しかし、私の知人は二週間の旅の間にへとへとに疲れてしまった。

119 旅の心得 三――予定通りいかないことを受け入れる

第三に予定通りいかない、ということに腹を立てる人がいる。旅行は敵前上陸ではない。〇六〇〇時（午前六時のこと）に行動開始、というようなことには、大して意味がない。

私は団体行動をとる時だけは、あまり遅れないことにしているが、本当は約束の時間にも遅れるし、何だってそう時間時間と言わなければいけないのだろう、と心中秘かに考えている。

日本人は約束を守ることに道義的責任を感じたりするのが好きだが、地球上の恐らく過半数の人間は、約束は守れる時だけ守るものだ、と思っている。だからちょっとした突発事件が起きると、もう予約のあるはずのホテルも飛行機もなくなってしまう。

彼らに、なぜ約束を守らないかなどと詰問することは、私の体験ではムダである。その人間にとって、主観的に約束を守れない理由など、星の数ほどもある。そういうルーズさがいやだったら、日本的道義の確立した日本の、しかも自分の家にだけいることである。

120 旅の心得 四——自分のしたいことを人に要求しない

第四に、何となく人を使おうとするような気持ちを持っている人もいる。もちろん、人間にとって使われる、ということは一種の喜びである。しかし長旅の間には、これがこたえてくる。

「己の欲せざるところを、他人になすなかれ」ということは当然だが、族先では、「己の欲することをも、他人になすなかれ」でなければいけない。自分がしたいことが、必ずしも相手のしたいことかどうか、わからないからである。

著者紹介
曽野綾子（その　あやこ）
1931年、東京生まれ。54年、聖心女子大学文学部英文科卒業。79年、ローマ法王庁よりヴァチカン有功十字勲章を受章。93年、日本藝術院賞・恩賜賞を受賞。97年、NGO活動「海外邦人宣教者活動援助後援会」（通称JOMAS）代表として吉川英治文化賞ならびに読売国際協力賞を受賞。98年、財界賞特別賞を受賞。2003年、文化功労者に選ばれる。12年、第60回菊池寛賞を受賞。1995年から2005年まで日本財団会長、1972年から2012年までJOMAS代表を務めた。
日本藝術院会員、日本文藝家協会理事、内外情勢調査会理事、国際開発救援財団顧問。
著書に、『老いの才覚』（ベスト新書）、『人間の基本』『人間関係』（以上、新潮新書）、『人間にとって成熟とは何か』（幻冬舎新書）、『老境の美徳』（小学館）、『人は怖くて嘘をつく』（扶桑社）、『引退しない人生』『緑の指』『魂を養う教育 悪から学ぶ教育』（以上、PHP文庫）、『生身の人間』（河出書房新社）など多数。

本書は、2011年6月に海竜社より刊行された。

PHP文庫　本物の「大人」になるヒント

2016年8月15日　第1版第1刷
2016年9月6日　第1版第2刷

著　者　曽野綾子
発行者　小林成彦
発行所　株式会社ＰＨＰ研究所
東京本部　〒135-8137 江東区豊洲5-6-52
文庫出版部 ☎03-3520-9617(編集)
普及一部 ☎03-3520-9630(販売)
京都本部　〒601-8411 京都市南区西九条北ノ内町11
PHP INTERFACE　http://www.php.co.jp/
組　版　朝日メディアインターナショナル株式会社
印刷所
製本所　共同印刷株式会社

ISBN978-4-569-76596-9